LE
PALAIS DU LUXEMBOURG

ET SES JARDINS

LE

PARC DE MONCEAUX

PAR CH. VÉRON

DÉDIÉ

A MONSIEUR LE BARON HAUSSMANN

SÉNATEUR, PRÉFET DE LA SEINE

VERSAILLES

IMPRIMERIE DE E. AUBERT

6, avenue de Sceaux.

—

1869

LE

PALAIS DU LUXEMBOURG

ET SES JARDINS

LE

PARC DE MONCEAUX

PAR CH. VÉRON

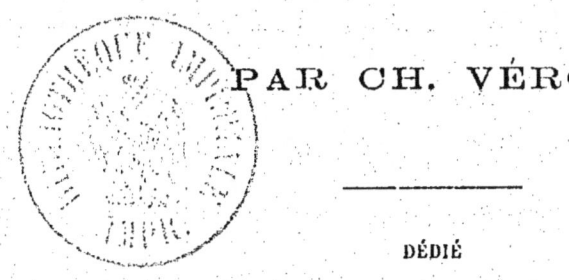

DÉDIÉ

A MONSIEUR LE BARON HAUSSMANN

SÉNATEUR, PRÉFET DE LA SEINE

VERSAILLES

IMPRIMERIE DE E. AUBERT

6, avenue de Sceaux.

—

1869

LE
PALAIS DU LUXEMBOURG

ET SES JARDINS

Avec orgueil il porte aux siècles à venir
De ce qu'il est et fut le vivant souvenir.
Le palais tout entier est l'œuvre d'une reine
Qui d'un sort trop fatal subit la lourde chaîne.
Presqu'à la fois on vit s'élever dans Paris
Deux splendides palais, grâces aux Médicis.....
Marie était, dit-on, opiniàtre, altière,
Nous la voyons ici plus modeste que fière;
Pour son œuvre elle prend, par un soudain retour,
Au lieu de son vrai nom celui de Luxembourg,
Le riche possesseur, au temps de la régence,
De cet hôtel qu'achète une reine de France.

Elle agrandit encor ce vaste emplacement
Pour donner plus d'éclat au futur monument ;
Toute puissante alors et de ses droits maitresse,
Elle imprime aux travaux une telle vitesse
Que, par enchantement, un palais somptueux
Mettait, après cinq ans, le comble à tous ses vœux.....

Il fut pour cette époque un heureux météore
Qui survivra longtemps à sa brillante aurore ;
D'un style large, égal, sur le plus simple plan,
De de Brosse il prouvait le goût et le talent ;
Son tout est admirable et vraiment homogène,
L'art y paraît facile et la critique vaine.
Pour la reine ce fut un passager séjour !....
Par elle protégé, tout puissant à son tour,
Le sombre Richelieu, qui le croirait sans peine?
En chassa pour l'exil sa pauvre souveraine !....

Le palais passe ensuite aux mains des d'Orléans
Du comte de Provence, et que d'événements !
Il est prison d'Etat, siége du Directoire,
Du fameux Consulat y retentit la gloire ;
Tour à tour on le voit Sénat, Chambre des Pairs ;
Aux célèbres procès ses huis furent ouverts,
Et de dix attentats la liste régicide,
Vient nous montrer encore un arrêt fratricide
Quittons pour un instant ce palais souverain
Et dirigeons nos pas vers un proche jardin.

L'objet le plus saillant qui s'offre à notre vue
Est la belle fontaine au même artiste due ;
Son style simple et pur, non moins qu'original,
Du style du palais est tout à fait l'égal;
Les contrastes de l'art y frappent la pensée,
La pose du géant et la roche lancée
Sur le jeune berger dont il est si jaloux
Sont le plus bel effet d'un terrible courroux.

Du vaste et beau jardin qu'à ce palais relie
Une grille d'honneur dont l'art se glorifie,
Le grand corps de l'Etat lui-même a présenté
Le seul plan de son choix pour être exécuté.
Nous voyons aujourd'hui la parfaite élégance
De ce lieu de délice et de magnificence
Où naguère gisaient en l'état d'abandon
Quelques arbres mourants ou chétif rejeton ;
Et la terre en tout lieu sous les pieds refoulée
Réclamait çà et là quelque nouvelle allée.

Qu'on les aligne ou bien qu'ensemble ils soient groupés,
Les arbres n'auront plus de rangs inoccupés,
Les gazons les plus frais et les fleurs les plus belles
A l'envi montreront de vives étincelles,
De magiques effets. Un art ingénieux
Ménage en même temps pour l'esprit et les yeux
Ces terrains nivelés, ces pentes adoucies,
Que le printemps nous rend verdoyantes, fleuries.

On voit avec plaisir, en ce brillant jardin,
La reine, son auteur, qu'un pouvoir inhumain
En avait éloignée ; une nouvelle voie
Portant déjà son nom devant nous se déploie.

Au-delà remarquons avec soin ménagés
D'abres beaux, bien venus, quatre rangs prolongés ;
Du côté du palais, faisant face à l'horloge,
De l'autre regardant cette imposante loge
D'où l'on peut voir les cieux. Un vaste tapis vert,
Entouré d'une grille ou de bronze ou de fer,
Sur ses bords toujours frais montre des fleurs heureuses,
Arbustes variés et plantes précieuses.
Puis sur les deux côtés, pour chaque promeneur,
Une sombre allée offre un abri protecteur.
En cet endroit jusqu'à la limite dernière
Des candélabres vont projeter leur lumière.

On verra s'élever, sur de vagues terrains,
De superbes hôtels avec riches jardins
Qui tous, en ce quartier retiré, solitaire,
Fixeront l'opulence et son luxe ordinaire ;
Et tous ses habitants, désormais rapprochés,
Ne seront plus au loin l'un par l'autre cherchés.

PARALLÈLE

Je sens que l'on ne peut, sans manquer à sa gloire,
Rester silencieux devant l'Observatoire ;

Ce n'est, nul ne le croit, par l'effet du hasard,
Que d'un royal palais il se trouve en regard.
Ces arbres alignés et les droites allées
De l'un à l'autre point par nos yeux rappelées,
Nous indiquent assez de l'artiste le but
Et ce qu'envers l'aîné pour le jeune il voulut.
Autant que je le puis, restant au vrai fidèle,
J'essaierai de tracer entr'eux un parallèle.

J'écarte du palais les richesses de l'art
Et tous les noms fameux pouvant y prendre part;
Du Sénat, seulement, je demeure en présence,
Admirant à la fois la sublime éloquence
Et la haute raison de ces hommes d'Etat
Qui, dans notre pays, ont jeté tant d'éclat.
Exceptons, cependant, la longue période
De nos réactions, trop néfaste épisode
Qui laissera longtemps un triste souvenir.....

Sa mission est grande et toute d'avenir,
La loi de lui reçoit sa force, sa lumière,
De lui seul elle attend la sanction dernière;
Organe du pays, suprême et respecté,
Il répand en tout lieu sa puissante clarté;
Encourageant au bien, il calme, il civilise,
Eteint les passions et souvent réalise
Par de nombreux efforts et par d'heureux succès
Les fruits tant espérés d'un utile progrès.....

Par quelques mots aussi de notre Observatoire
Achevons de tracer la merveilleuse histoire,
Sanctuaire éthéré, fort peu mystérieux,
Il nous a révélé tous les secrets des Cieux.
Leur imposant aspect a mérité le culte
De l'esprit éclairé comme du plus inculte.
En remontant le cours des temps les plus anciens,
Nous voyons les Chinois et les Egyptiens,
La Grèce entière et Rome, en leur ardeur extrême,
Des astres observer l'influence suprême.
Ptolémée apparaît, il soutient hautement
Que dans le soleil seul on voit le mouvement ;
Pendant mille ans entiers la terre se repose.
Mais, selon Copernic, ce fut tout autre chose !
Vient encore, à son tour, le célèbre Newton
Qui, dans le même sens, tranche la question.....

La France peut compter bien plus d'un astronome
Qui, de l'Observatoire, ait habité le dôme,
Cassini, le premier, en fut le directeur,
Au fils, au petit-fils, revint le même honneur,
Savant profond, sur qui la faveur des rois brille,
Il parvint à fixer en ce lieu sa famille.

Arago sut toujours, par d'éminents travaux,
Se rendre sympathique : il n'eut point de rivaux.
C'est au plus haut degré l'homme de la science,
Au style simple et clair qu'enrichit l'élégance ;

Son nom si populaire est cher à l'étranger
Qui l'aime comme nous et ne veut pas changer.....

De la comparaison oserai-je conclure,
Que pour l'astronomie est une marche sûre
Des astres indiquant les évolutions?
Que sur terre, au contraire, il faut aux passions
Une main bienveillante et forte qui dirige
Et préserve à propos d'un dangereux vertige?

Saluons en passant ce héros malheureux
Qui porte vers le ciel un front si glorieux!
Il paya de sa vie un instant de faiblesse,
A cet acte inouï tout son passé se dresse,
Ses vingt ans de combats, surtout son noble cœur
Qui prodiguait son sang qui le rendait vainqueur.
Plus juste, un nouveau règne élève à sa mémoire,
Un monument modeste en signe expiatoire!....

LE PARC DE MONCEAUX

Parc immense jadis, maintenant frais jardin,
Paré coquettement, fixé dans un écrin,
Comme une riche perle avec art enchâssée,
Pourrait-il regretter une gloire passée !....
De splendides hôtels, d'imposants boulevards
L'entourent à l'envi, déjà, de toutes parts,
Et Paris a voulu qu'une illustre avenue
Du plus beau monument lui découvre la vue ;
De même il a voulu qu'un chef-d'œuvre de l'art
Sur ce nouvel Eden attirât le regard,
Qu'à chaque visiteur une entrée imposante
Pût toujours dignement répondre à son attente.....

Près d'un siècle a passé sur le parc de Monceaux,
Combien d'événements, de récits, vrais ou faux?....
Tel a dit historique un fait tout légendaire,
Tel donne pour constant un succès éphémère;
Il n'existe qu'un point où l'on est bien d'accord,
C'est de Monceaux naissant l'incomparable sort!....
Quel séjour plus joyeux? Il eut nom de folie!....
Il vit trôner longtemps la franc-maçonnerie.
De ce lieu de délice un prince créateur,
Etait homme de goût autant que grand seigneur;
Par ses soins s'élevaient des grottes, des cascades,
Kiosques et tombeaux, des temples, des arcades,
Un moulin, des jets d'eau, même une pompe à feu.

Le prince avait aussi la passion du jeu.
On cite, à ce sujet, une vieille anecdote
Qui laisse en notre esprit une fâcheuse note.
Un très jeune allemand, joueur audacieux,
S'était hâté trop tôt de venir en ces lieux.
Il risque ses trésors qu'une chance contraire
Sans pitié lui ravit; son extrême colère
A l'instant se traduit en propos outrageants
Pour le prince lui-même, et du prince les gens,
Souvenir qu'avec nous repousserait l'envie,
Frappèrent l'étranger autant qu'il eut de vie!....
Comme expiation s'éleva le tombeau
Qui nous semble aujourd'hui sous un voile nouveau.
D'arbres les plus épais, en son enceinte nue,
Redouter des passants une indiscrète vue.....

D'un plus doux souvenir évoquons le retour !
Plusieurs célébrités, d'un véritable amour,
Honoraient ce beau parc ; on voyait chaque année
Madame de Genlis y méditer Linnée ;
On y voyait aussi cet écrivain fameux
Que la plus simple fleur rendait toujours heureux ;
Mais qu'allaient devenir, pour leurs âmes ravies,
Tant de milliers de fleurs, si fraîches, si chéries,
Tant d'objets merveilleux, vrais prodiges de l'art
Que déjà convoitait un aveugle hasard ?....

L'horizon, dès longtemps, surchargé de nuages,
A tous faisait prévoir de terribles orages ;
La tourmente éclatant nous ouvrit des abîmes
Auxquelles il fallait de nombreuses victimes !....
Ne nous arrêtons pas au triste souvenir
Que ne peut effacer le plus long avenir !....
Quand elle eut ralenti sa course meurtrière
Et qu'il revint un peu de calme et de lumière,
Monceaux nous apparut dans un grand abandon ;
Plus de beaux jours pour lui, plus de belle saison ;
Quelques arbres épars dans une vaste plaine
Et quelques objets d'art que l'on voyait à peine.

Une royale main veut encore, à son tour,
Rendre tout son éclat à ce charmant séjour ;
Ses sympathiques vœux devaient être stériles,
Les destins ne cessaient de lui rester hostiles.

Enfin Monceaux, rentrant au domaine public,
Redevenait pour tous un objet de trafic ;
Et Paris, cette fois, en sa munificence,
D'un quartier des plus beaux en dota l'opulence.

Du parc nous avons dit les embellissements,
Que reste-t-il encor des anciens monuments?....
Le trop fatal tombeau, le pont, la naumachie,
Le rocher, la cascade, une grotte enrichie
De nombreux accidents, le rocher, œuvre d'art
Où l'on cherche une main qui se tient à l'écart
Et laisse notre esprit dans ce doute suprême
Si l'auteur est un Dieu, si c'est l'homme lui-même?....
Une faible clarté montre, à l'intérieur,
L'eau qui fuit sous la roche et donne sa fraîcheur,
Stalactites sans nombre, à nos pieds, sur nos têtes,
Tristes comme au séjour qui ne veut pas de fêtes;
La cascade, jouant de rocher en rocher,
Quelquefois disparaît et se laisse chercher.
Ses transparentes eaux coulent en cascatelles
Jusqu'au pont qui les verse, aussi fraîches que belles,
Dans cette naumachie, ovoïde bassin,
Où leur murmure cesse et pour toujours s'éteint.
De même sur ces bords de nombreuses colonnes,
Qu'un lierre généreux couvre de ses couronnes,
Soutiennent faiblement, de l'objet qui n'est plus,
Les restes amoindris et presqu'inaperçus.

Complète, variée, entre toutes brillante,
La flore de Monceaux se montre permanente;

Et la flore exotique, en gracieuse sœur,
Lorsque l'été revient, ajoute à sa splendeur.
Des soins intelligents la protégent sans cesse,
A ce devoir s'unit une vive tendresse.

Si nous disons encor, de notre faible voix,
Ce qu'il est aujourd'hui, ce qu'il fut autrefois,
Ce parc si merveilleux que tout Paris adore,
L'éclat même, le bruit ont marqué son aurore ;
Le public ne vit pas ses fêtes, ses plaisirs,
C'est le lieu qu'aujourd'hui, pour les plus doux loisirs,
Il recherche et préfère ; une riche nature
S'y pare constamment de fleurs et de verdure.

Versailles. — Impr. de E. Aubert, 6, avenue de Sceaux.

www.ingramcontent.com/pod-product-compliance
Lightning Source LLC
Chambersburg PA
CBHW061447170626
46811CB00005B/2402